DISCOURS

PRONONCÉ LE 6 AOUT 1889

A L'INAUGURATION

DU

MONUMENT DES ENFANTS DU CALVADOS

TUÉS A L'ENNEMI EN 1870-1871

PAR

M. GUILLOUARD

Ancien Capitaine
au 15ᵉ Régiment provisoire (Mobiles du Calvados)
Avocat, Professeur à la Faculté de Droit de Caen

CAEN

IMPRIMERIE SPÉCIALE, RUE SAINT-PIERRE, 102

—

1889

DISCOURS

PRONONCÉ LE 6 AOUT 1889

PAR

M. GUILLOUARD

DISCOURS

PRONONCÉ LE 6 AOUT 1889

A L'INAUGURATION

DU

MONUMENT DES ENFANTS DU CALVADOS

TUÉS A L'ENNEMI EN 1870-1871

PAR

M. GUILLOUARD

Ancien Capitaine
au 15ᵉ Régiment provisoire (Mobiles du Calvados)
Avocat, Professeur à la Faculté de Droit de Caen

CAEN

IMPRIMERIE SPÉCIALE, RUE SAINT-PIERRE, 102

1889

Tiré à Deux Cents Cinqunate Exemplaires numérotés

N°

DISCOURS PRONONCÉ

M. GUILLOUARD

———◦◦◦◦———

MONSIEUR LE MAIRE,

Je viens, au nom du Comité d'organisation,
offrir à la ville de Caen ce Monument, élevé
sur une de ses places pour perpétuer le souvenir des Enfants du Calvados tués à l'ennemi
en 1870-1871.

Tout tardif qu'il soit, cet hommage rendu
à nos morts vient à une heure opportune. Il
y a, dans la vie des peuples, des époques où
tous les esprits, anxieux de l'avenir, se retour-
nent vers le passé pour y chercher des leçons
et des encouragements.

Nous sommes à une de ces époques.

N'entendons-nous pas, de l'autre côté de nos
frontières, les pas lourds des bataillons qui
s'exercent ? N'entendons-nous pas, au-delà des
Vosges et au-delà des Alpes, leurs sonneries
qui se répondent ?

Voilà pourquoi, lorsque la pensée est née
d'élever à Caen un Monument à la mémoire des

soldats tués en 1870-1871, cette pensée a trouvé
un écho dans tous les cœurs.

De toutes parts l'argent nous est venu, de la
chaumière comme du château, de ceux qui se
souviennent et de ceux qui espèrent. Oui, tous
ont donné, d'abord ceux-là, dont une partie de
la vie est restée aux champs de bataille des
Vosges ou de la Loire :

« Femmes en deuil, enfants sans père, vieux époux
« Dont les fils sont perdus.. .. »

Puis ceux que l'espérance anime, qui savent,
par les leçons de l'histoire, qu'il ne faut jamais
désespérer, et qu'un peuple, qui a conservé le
respect de lui-même et le souvenir du passé, a
le droit d'avoir confiance dans l'avenir.

Et vous, Monsieur le Maire, vous avez bien
voulu accepter la présidence du Comité ; vous
associant généreusement à l'idée patriotique du
projet, vous nous avez donné depuis deux ans
le concours le plus actif et le plus dévoué, et je
suis heureux de vous en remercier publique-
ment.

Un sculpteur et un architecte, dont je n'ai
pas à louer le talent, car ils ont, l'un et l'autre,
fait leurs preuves, unis dans une collaboration
touchante, nous ont offert spontanément leur
concours gratuit ; et l'œuvre magnifique que
nous inaugurons montre comment ils ont réa-
lisé les espérances que leur passé faisait con-
cevoir.

La presse toute entière, sans distinction
d'opinions, nous a apporté son appui ; elle nous
a donné sa publicité, sans laquelle nous eûs-

sions été impuissants à rien faire. Merci surtout
à vous, MM. les Rédacteurs en chef des jour-
naux quotidiens ; vous nous avez donné plus
que votre publicité, votre temps. Malgré le tra-
vail de chaque jour, si absorbant dans la presse
de province, vous êtes venus assidûment, aux
nombreuses séances de notre comité, discuter
avec nous les mille détails de notre entre-
prise.

Sans doute, la France est, à notre époque,
divisée sur beaucoup de questions : mais il y a,
Dieu merci, un point sur lequel jamais il n'a
existé, jamais il n'existera de dissentiments. Il
est doux de le penser, et il est bon de le dire
hautement : c'est l'amour profond, l'amour
sans limites et sans réserves de notre chère
patrie. C'est là que nos pères ont vécu, c'est là
que vivront nos enfants, c'est là que se concen-
trent nos espérances et nos tristesses, que se
résume notre vie tout entière. Ah ! lorsqu'il
s'agit de la patrie, tous les cœurs français
battent à l'unisson :

« Amour de la maison où notre race est née,
« Haine de l'étranger qui vient prendre au pays
« Le blé de ses sillons et le sang de ses fils,
« C'est vous qui pénétrez nos cœurs!... »

La pensée d'élever un monument à la mémoire des morts de 1870 devait faire vibrer le
patriotisme dans les âmes, car ce monument
représente deux grandes idées : dans le passé,
un hommage rendu à de braves soldats, et, pour
l'avenir, une espérance.

Un hommage rendu à nos morts..... Oui,

Messieurs, le Calvados a le droit d'être fier de
ses enfants tombés devant l'ennemi.

Les bas reliefs de l'œuvre que nous inaugurons retracent trois épisodes de l'histoire du
régiment des Mobiles du Calvados, et rappel-
lent le nom de trois hommes dont notre pays
doit conserver le souvenir, le lieutenant-colonel de Beaurepaire de Louvagny, le capitaine
Le Pippre, le garde mobile Binet.

De Beaurepaire... belle figure de gentilhomme
et de soldat, qui réalise merveilleusement, au
XIX⁰ siècle, le type des croisés du XII⁰ siècle :
époux et père au cœur rempli de tendresse,
soldat indifférent pour lui-même à la fatigue,
à la souffrance et au danger, officier sévère
pour le paresseux ou l'indocile, indulgent pour
l'homme de bonne volonté, toute sa vie se résume dans ces deux idées pour lesquelles il a
vécu, pour lesquelles il est mort : Dieu et la
France !

Engagé volontaire à 20 ans, il se fait remar-
quer par sa bravoure au siège de Sébastopol :
deux fois blessé dans le rude service de la
garde de tranchée, il monte le premier à
l'assaut du Petit Redan, et revient de Crimée
avec le grade de lieutenant.

Mais, lorsque le maréchal Niel forme les ca-
dres de la garde mobile, il demande à repren-
dre du service, et la déclaration de guerre le
trouve à la tête du premier bataillon des Mobiles du Calvados.

A partir de ce moment et jusqu'à sa mort,
toute sa volonté, toute son énergie, toutes ses
facultés sont absorbées par l'organisation de

son bataillon, et bientôt de son régiment. Tout est à créer : les soldats ne savent rien, et les officiers..... mes camarades me permettront de le dire en mon nom et au nom de la plupart d'entre eux..... n'en savent pas plus, et n'apportent sous les drapeaux que leur bonne volonté. L'armement est défectueux, l'habillement mauvais, la chaussure détestable. Qu'importe ! De Beaurepaire se multiplie : théorie pour les officiers, exercice pour les soldats, il organise tout, surveille tout, et le décret qui le nomme, au 25 août 1870, lieutenant-colonel commandant le régiment, ne fait que ratifier un choix qui était dans tous les esprits.

Hélas! Il ne devait pas avoir l'honneur de marcher au combat avec ces troupes qu'il avait formées ! Je ne redirai pas les détails de sa mort, présents à tous les esprits.

Mais s'il n'a pas conduit au feu le 15ᵉ Régiment provisoire, il l'a organisé, créé de toutes pièces, et si, plus tard, ce régiment a pu rendre quelques services, il convient d'en reporter l'honneur à son créateur, le lieutenant-colonel de Beaurepaire de Louvagny.

Le Pippre..... douce et sympathique nature, intelligence d'artiste et cœur de soldat, compatissant pour ceux qui souffrent et impassible devant le danger ; attiré par des traditions de famille comme par ses goûts vers la vie du soldat, il l'a dessinée sous toutes ses formes, il l'a vécue, et il est mort sur un de ces champs de bataille que son pinceau se plaisait à retracer.

C'était le 12 janvier 1871 : la bataille, dite

bataille du Mans, était commencée depuis deux
jours, et le 1er bataillon du régiment des mobiles du Calvados, placé en première ligne, devait défendre Touvois. Sur la terre durcie par
une gelée intense et couverte de neige, le
combat, engagé à midi, dure depuis quatre heu-
res : nos hommes se défendent avec courage,
et, bien que l'ennemi se soit rapproché, bien
que la fusillade crépite avec plus de vivacité,
le bataillon tient bon, la ligne de défense est
intacte et les positions vont être gardées.

Le Pippre est là, à la tête de la 4e compagnie,
encourageant ses hommes à la lutte, avec ce
bon et doux sourire que je vois encore, et cette
sérénité qui ne l'abandonna jamais, même en
face de la mort : il est atteint d'une balle, et il
tombe mortellement blessé. Au péril de sa vie,
l'aumônier du 1er bataillon, animé de ce dévouement dont il a donné tant de preuves pendant
la campagne, court le relever sous le feu de
l'ennemi : au milieu des balles qui se croisent,
et dont deux viennent percer sa soutane, il
parvient à le traîner dans un endroit non exposé
au feu.

Quelle tristesse parmi nous, lorsque, à la
nuit close, alors que la prise du Mans nous
oblige à battre en retraite, nous apprenons
que Le Pippre est mort ou mourant sur le
champ de bataille que nous devons quitter,
et où nous avons laissé ce brave soldat, qui
ne comptait dans le régiment que des amis.

Binet... c'est avec raison que le général
Ambert, dans son beau livre des « Récits militaires », le qualifie de héros inconnu : je ne veux

rien changer au récit saisissant du général ; le
peintre est digne du tableau :

« Dans la matinée du 24 octobre, un fort dé-
« tachement ennemi s'avança jusqu'à Chérisy,
« afin de reconnaître les défenses de Dreux.
« Chérisy était occupé par une grand'garde des
« mobiles du Calvados. Dans les rangs de ce ba-
« taillon se trouvait un héros inconnu. Il se
« nommait Binet. Surpris dans une maison de
« Chérisy qu'il défendait en tirant par les fe-
« nêtres, le garde mobile est sommé de se rendre
« par plusieurs soldats du 13ᵉ régiment ha-
« novrien. Binet refuse de mettre bas les armes,
« et couche en joue ses ennemis, mais son fusil
« rate, et la baïonnette seule lui reste. Il en
« perce un Hanovrien, et se jette à la gorge d'un
« autre. — Rends-toi, lui crie un officier. —
« Jamais, répondit Binet, qui tombe tout san-
« glant pour ne plus se relever » (1).

Qu'ajouterai-je à ce tableau, digne d'inspi-
rer le peintre immortel de *La Dernière car-
touche* ? Rien, si ce n'est que Binet, ouvrier
menuisier à Bayeux, avait 21 ans, et qu'il était
marié depuis quelques mois seulement au moment de la déclaration de guerre : ni son affec-
tion pour sa jeune femme, ni les espérances
d'une paternité prochaine ne l'ont arrêté un
instant au foyer conjugal.

Sa bravoure héroïque a été stimulée, j'en
suis sûr, par le lieu même où il a si vaillamment
lutté : c'était à Chérisy, ou plutôt dans les rui-
nes de Chérisy, le Bazeilles de la Normandie.

(1) *Récits militaires*, II, *Après Sedan*, p. 48-49.

Le 18 octobre , les quarante maisons de ce malheureux village avaient été incendiées par les Prussiens. Elles avaient été brûlées de propos délibéré, scientifiquement, après avoir été enduites de pétrole, parce que quelques uhlans avaient été tués la veille à Chérisy, dans un engagement avec les francs-tireurs de Dreux (1). Cet acte sauvage, aussi contraire, je l'affirme, au droit de la guerre qu'il est contraire aux lois de l'humanité, a dû soutenir et enflammer le courage de Binet.

Je ne sais où est sa tombe, sans doute à Dreux ; mais, sur la modeste croix de bois qui probablement la surmonte, on pourrait écrire, en la transformant un peu, l'épitaphe de Mercy :

Sta et ora : heroem calcas.

Ils ont été tous les trois, le gentilhomme, le bourgeois et l'enfant du peuple, unis dans la vie par l'amour de la France : ils sont maintenant unis dans la mort par le respect de leurs concitoyens.

Leurs noms ne seront pas les seuls inscrits sur ce monument : sur ses faces seront gravés ceux de tous les enfants du Calvados tués au champ d'honneur dans cette terrible année... Qu'ils sont nombreux , mes chers concitoyens, et que nous serions ingrats de les oublier.

Ils seront tous là, les vieux et les jeunes, les officiers et les soldats : que la liste en est longue !

Marc, capitaine d'artillerie ; Lerebours, capi-

(1) Lettre de M. le pasteur Caillat, *Récits historiques de la Garde mobile du Calvados,* p 46-49.

taine au 12ᵉ de ligne ; Pascal, capitaine aux
francs-tireurs ; Solenge, lieutenant au 5ᵉ de
ligne, dont le père, un vieux soldat aimé de
tous dans notre ville, assiste à l'hommage que
nous rendons aujourd'hui à son fils ; Barbey,
lieutenant au 21ᵉ de ligne ; Lubin, lieutenant à
la 1ʳᵉ légion des mobilisés du Calvados ; Ma-
noury, sous-lieutenant aux voltigeurs de la
garde ; Raoul Delangle, tué à Reischoffen, au
sortir de Saint-Cyr, le jour où il portait, pour
la première fois, l'épaulette de sous-lieutenant...

Je m'arrête, ne pouvant citer les noms de tous
les officiers ; et je n'ose aborder le long nécro-
loge des soldats ; parmi eux, je veux cependant
citer un nom, un seul.

La liste des morts de la Commune de Cor-
melles renferme cette simple mention :

« Galibourg (Charles), engagé volontaire à
« l'âge de 70 ans, tué à Villejuif. »

Je ne sais quel est ce soldat ni d'où il vient,
ni quel est son passé ; mais je m'arrête à ce
nom, et je salue, avec un respect et une émotion
que vous partagez, j'en suis sûr, la mémoire
de ce brave.

Non, il n'est pas permis de désespérer de
l'avenir d'un pays qui suscite de tels dévoue-
ments, mais à une condition, c'est qu'il n'oublie
pas les dures leçons du passé.

C'est pour cela surtout plus encore que pour
honorer nos morts, que ce Monument a été
élevé ; et l'on pourrait inscrire à sa base, comme

l'idée maîtresse qui l'a fait ériger, ces deux mots : « *Souvenez-vous !* »

Il n'y a que les peuples qui se souviennent qui aient le droit d'espérer.

Notre devoir, à nous Français, qui avons vu les tristesses de la défaite et les douleurs de l'invasion, c'est de dire bien haut à nos enfants : Souvenez-vous !

Souvenez-vous de l'année terrible, du sang versé, des mères et des épouses en deuil, des enfants orphelins.

Souvenez-vous de la patrie mutilée ; souvenez-vous de nos frères d'Alsace comme ils se souviennent de nous :

> « ... N'oubliez pas,
> « Vous qui survivez à l'épreuve.
> « N'allez pas croire tout sauvé
> « Dès que les cieux sont pacifiques.
>
>   .   .   .   .
>
> « En tombant, les morts ont payé
> « Leur part des communes faiblesses ;
> « Mais vous !...
> « Souvenez-vous !...
> « Sur leur ossuaire jauni
> « Faites pousser une semence
> « Meilleure... Leur œuvre est fini ;
> « O vivants, le vôtre commence ! » (1)

Dormez en paix, chers morts de 1870 ; votre tâche est remplie et votre sang n'a pas été inutilement versé : à votre exemple les enfants du Calvados apprendront qu'il faut savoir combattre pour la France, qu'il faut savoir mourir pour elle.

Et, lorsque viendra le jour des grands combats, lorsque le clairon sonnera pour eux

----

(1) Theuriet, *Après la guerre.*

l'heure du devoir, ils se souviendront de vous, et, entraînés par votre exemple, ils sauront, comme vous, mépriser la mort.

Ah ! j'espère, je crois que ce Monument n'est pas le seul qui doive s'élever sur la place où nous sommes : j'espère, je crois qu'un jour viendra où, en face de lui, à la porte même de la caserne Hamelin, se dressera, plus haut et plus fier, le Monument de nos victoires.

Je crois que les clairons, qui vont défiler devant le Monument des morts de 1870-1871, chanteront un jour leurs accents les plus joyeux devant la colonne commémorative des combats de l'avenir, dédiée à la France guérie, avec l'aide de Dieu, de ses blessures, et célébrant l'indépendance de tout son territoire.

Ce jour-là, le monument que nous venons d'élever aura atteint son but.

En attendant, que la ville de Caen le garde pieusement, ce monument du Souvenir et de l'Espérance. Sa pensée tout entière se résume, elle vit dans le drapeau qui en orne la face principale, et qui reçoit dans ses plis le soldat mourant: le drapeau, c'est-à-dire la France, avec son passé, ses gloires et ses tristesses, et avec ses espérances d'avenir ; le drapeau, c'est-à-dire l'armée, avec ses nobles traditions d'honneur, de dévouement, d'abnégation, de courage, de sacrifice.

Vive la France !
Vive l'armée !

www.ingramcontent.com/pod-product-compliance
Lightning Source LLC
Chambersburg PA
CBHW061424170626
46811CB00005B/2110